ÉPITRE

A M^r. ESMENARD.

ÉPITRE

A Mʀ. ESMENARD,

SUR SA RÉCEPTION A L'INSTITUT.

Pᴀʀ J. DUSAULCHOY.

DE L'IMPRIMERIE DE RICHOMME.

1811.

ÉPITRE

A M{R}. ESMENARD,

SUR SA RÉCEPTION A L'INSTITUT. (1)

APOLLON, de sa main divine,
T'ouvre le temple révéré
Où les filles de Mnémosine
Te gardaient le laurier sacré,
Noble salaire du génie,
Qui, de triomphes éclatans,
Sème le cours de notre vie,
Captive les ailes du temps,
Et préserve de ses ravages
Les noms que la postérité
Doit voir, sur l'océan des âges,
Rayonnans d'immortalité.

Esmenard, cependant encore
L'Envie agite ses serpens ;
Mais quand la gloire te décore,
Que te font leurs vains sifflemens ?
Tranquille, après de longs naufrages,
Sous l'heureux toît de ses ayeux,
Si le nocher songe aux orages,
Aux Aquilons impétueux,
Il se rappelle aussi l'audace
Qu'il opposait à leur courroux,
Et des périls qu'il se retrace
Pour lui le souvenir est doux.

Lorsque le Dieu qui nous éclaire
Elève son char dans les cieux,
De l'oiseau des nuits, sa lumière
Importune et blesse les yeux.
L'aspect du mérite, à l'Envie
Fait souffrir le même tourment :
Sans relâche elle est poursuivie
Du besoin de nuire au talent.

Dans la fange elle arma Zoïle
Contre le chantre d'Ilion,
Et Mévius contre Virgile.
De sa bouche le noir poison
Fut distillé sur Gallilée,
Sur Descartes et sur Newton.
Mesurant la voûte étoilée,
Plus affermis que Phaëton,
Tandis que leur puissant génie
Marquait les lois, les mouvemens,
Et la multitude infinie
De ces globes resplendissans
Qui roulent dans l'espace immense,
Mêlés sans être confondus,
S'entrechoquant en apparence,
Mais l'un par l'autre soutenus:
Pour embarrasser la carrière
De ces mortels aimés des cieux,
Des reptiles, dans la poussière,
Fatiguaient leurs dards venimeux.
Mais, vains efforts! vaine colère!
L'œil de l'aigle ne daigne pas,

Du haut de sa sublime sphère,
Descendre à des objets si bas.

O toi Corneille et toi Racine !
Combien de sots et de jaloux,
Ainsi qu'une horde assassine,
Furent ameutés contre vous !....
Qu'ont-ils recueilli de leurs trames ?
De rendre vos noms plus sacrés,
Vos droits plus certains sur les ames,
Vos chefs-d'œuvre plus admirés.

De vos pas épiant la trace,
Quand la cabale des Cottins,
Par des satires à la glace
Croyait obscurcir vos destins,
Vous nous représentiez Horace,
Avec l'élite des Romains,
Dédaignant la grotesque race
Des pédans et des auteurs nains.
Ainsi que lui vous preniez place
Près de Mécène et Pollion ;

Le savoir, l'esprit et la grace
Vous accueillaient chez Lamoignon,
Et Louis, de votre génie,
Excitant la noble chaleur,
Assurait l'éclat de sa vie
Et son immortelle grandeur.

De même, Esmenard, à l'intrigue
D'un ramas de vils ennemis
Oppose une brillante ligue
D'amis par le goût réunis ;
Méprise l'impuissante haine
De ces poètes boursoufflés,
Désavoués par Melpomène,
Et de suffisance gonflés,
Dont l'esprit se met à la gêne
Pour qu'ils n'en soient que mieux sifflés ;
De ces auteurs à maigre veine,
Qui, chaque jour, tout essoufflés,
Vont colportant à la douzaine
Leurs pointes et leurs plats bons mots,
Dont leur dos portera la peine
Quoiqu'ils divertissent les sots ;

De ces faiseurs de rapsodies,
Pour composer prose ou couplet,
Ou leur soi-disant comédies,
Pillant ce que d'autres ont fait;
Enfin des cuistres, dont la fable,
Dans Vulcain nous offre les traits,
Désespérés qu'on soit aimable
Quand chacun les trouve si laids.

Leur troupe de dépit frissonne
Et croit ressentir un affront,
Lorsqu'elle aperçoit la couronne
Dont les Muses ceignent ton front.

Mais plein d'un sublime délire,
Celui dont l'éloquente voix,
De Neptune et de son empire
Expliquant les savantes lois,
Nous apprit l'art si difficile
De triompher des noirs Autans,
Et, sur une mer indocile,
De braver les flots turbulens; (2)

Par Calliope et Melpomène
Celui qui se vit inspiré,
Lorsque, sur la lyrique scène,
Il osa, d'un prince adoré,
Sous la plus noble allégorie
Retracer à nos cœurs émus
Et les hauts faits, et le génie,
Et les héroïques vertus ; (3)
Celui qui sait avec aisance,
Guidé par un goût délicat,
Jeter l'attrait de l'élégance
Sur le sujet le plus ingrat ;
De clinquant et d'enluminure
Préserver tout ce qu'il écrit,
Et n'emprunter qu'à la nature
Ses couleurs comme son esprit : (4)
Celui-là, chéri de Mécène,
Au temple de mémoire inscrit,
N'est qu'à la gloire qui l'enchaîne,
Et qu'à César qui lui sourit.

NOTES.

(1) La séance publique de l'Académie française, pour
la réception de M. Esmenard, a eu lieu le 27 décembre
1810. Ces sortes de séances académiques sont ordinaire-
ment assez ennuyeuse ; le récipiendaire et M. le
comte Regnault de Saint-Jean d'Angely, qui présidait,
ont su répandre sur celle-ci un intérêt auquel on n'était
plus accoutumé depuis long-temps.

    (2) Et sur une mer indocile ;
       De braver les flots turbulens.

Il est question ici du poëme de la *Navigation*, où
l'auteur a réuni le talent que demande le genre des-
criptif au génie que le genre de l'épopée exige. Ce
poëme a été très-critiqué : mais comme la lime brise
les dents du serpent qui cherche à la mordre, il a ré-
sisté à tous les efforts de l'envie. Les suffrages una-
nimes des gens de goût ont vengé l'auteur des injustes
censures de ses ennemis, et plusieurs souverains se
sont empressés de lui donner des marques honorables
de leur satisfaction. Le rapporteur pour les prix décennaux, n'osant pas proposer de refuser à M. Esmenard une mention honorable, quand la voix publique
le désignait pour un prix, s'est du moins dédommagé
de la contrainte qu'il éprouvait, en cherchant pénible-
ment dans l'ouvrage des défauts que personne n'y

voyait, et que personne n'y voit encore. Voici comment
M. Esmenard y raconte l'origine de la navigation :

    .... Dans la sombre nuit de ces temps incertains ,
Où l'homme réparait , de ses tremblantes mains ,
Du monde submergé , l'étonnante ruine ,
L'art des navigateurs cache son origine.
Ceux à qui l'univers dut ses premiers succès ,
Sous des noms inconnus vivent par leurs bienfaits :
Le temps a , dans sa course , effacé leur mémoire ;
Sur le marbre animé , la muse de l'histoire
N'apprend plus aux mortels à chérir leurs travaux ;
Mais cent peuples unis par des besoins nouveaux ,
Des climats opposés confondant l'industrie ,
Et l'immense Océan devenu la patrie
Des vaisseaux qui jadis n'osaient quitter ses bords ,
Faut-il d'autres garans de leurs nobles efforts ?
Partout où la nature, inégale et féconde ,
Dispersa des mortels sur les rives de l'onde ,
On les vit confier aux flots capricieux
Les trésors échangés de ses dons précieux.
Là , Cérès, dont la main récompense vos peines ,
De l'or de ses moissons vient enrichir vos plaines.
Des rives de l'Indus, fabuleux conquérant ,
Bacchus mûrit ailleurs son nectar enivrant ;
Ici , le lin roulé sur le fuseau rapide ,
Prépare un voile simple à la beauté timide ;
Et sur des bords lointains qu'éclaire un jour nouveau ,
Le duvet sort d'un arbre et le miel d'un roseau.
Ainsi , d'un souffle heureux, l'indulgente nature
De Cybèle autrefois féconda la ceinture,
Mais en vain , pour unir ses présens dispersés ,
L'homme multiplia des travaux insensés ;
Inutiles efforts ! la charrue obstinée

En vain les demandait à la terre étonnée :
L'art qui dompta les flots l'affranchit de ce soin,
Et, conçu par l'audace, il naquit du besoin.

(3) Retracer à nos cœurs émus
Et les hauts faits, et le génie,
Et les héroïques vertus.

L'opéra de *Trajan*, où l'éloge le plus juste et le plus noble du héros de la France a d'autant plus de prix qu'il est indirect, et semble avoir pour objet un empereur que Mars et Minerve favorisèrent également, mais dont le règne est effacé par celui d'un prince qui maintenant fait briller l'assemblage des différentes vertus dont une seule suffisait jadis pour assurer la renommée des plus grands souverains. Cet opéra se distingue par un spectacle magnifique, mais plus encore par une élévation soutenue de style, qui caractérise le vrai poète tragique. Quand on le représente, il excite toujours un vif enthousiasme. Cependant le rapporteur de la commission des prix décennaux s'est efforcé de le faire passer pour une mauvaise copie d'*Adrien* ; mais il n'a persuadé personne.

M. Esmenard a composé aussi, avec M. de Jouy, l'opéra de *Fernand Cortez*, dont tout Paris a vu le succès.

(4) Et n'emprunter qu'à la nature
Ses couleurs comme son esprit.

Différentes poésies échappées à la muse de M. Es-

menard attestent qu'il sait prendre, avec une rare faci-
lité, les tons les plus opposés. Son discours de réception a rappelé les beaux jours de l'académie française ;
il s'y est montré aussi bon prosateur qu'il est bon poète ;
la correction, la pureté, la clarté, l'harmonie et la
précision en caractérisent le style. Tour-à-tour l'auteur a le talent de plaire à votre esprit, d'intéresser
votre cœur ; il vous charme ou vous fait penser ; il dis-
tribue avec le goût le plus délicat la pompe des tour-
nures, l'éclat des images, la beauté des allégories,
les aperçus neufs, les espressions fines. S'il parle de
l'alliance des gens de lettres et des grands, son style
offre l'élégance facile et polie d'un homme de cour ;
s'il loue M. de Bissy, son prédécesseur, dont les titres
littéraires furent très-faibles, son adresse à faire va-
loir les plus petites circonstances paraît aussi natu-
relle qu'elle est heureuse ; et enfin s'il trace le portrait de
Louis XV, il s'élève à la dignité de l'histoire.